Analyse de l'œuvre

Par Cécile Dupuy

Les oubliés du dimanche

Valérie Perrin

lePetitLittéraire.fr

Analyse de l'œuvre

Par Cécile Dupuy

Les oubliés du dimanche

Valérie Perrin

lePetitLittéraire.fr

Rendez-vous sur lepetitlitteraire.fr et découvrez :

Plus de 1200 analyses
Claires et synthétiques
Téléchargeables en 30 secondes
À imprimer chez soi

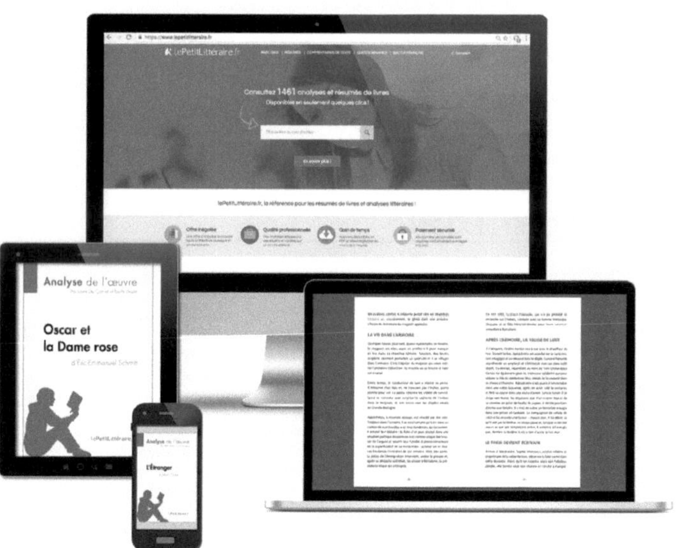

LES OUBLIÉS DU DIMANCHE

UN ROMAN POÉTIQUE SUR L'IMPORTANCE DU SOUVENIR

- **Genre :** Roman
- **Édition de référence :** *Les oubliés du dimanche*, Paris, Le livre de poche, 2021, 410 p.
- **1re édition :** Albin Michel, 2015.
- **Thématiques :** amour, déportation, jalousie, vieillesse, secret, illettrisme, Seconde guerre mondiale, orphelins.

Les oubliés du dimanche est le premier roman de Valérie Perrin. Publié en 2015, il a rencontré un vif succès, tant auprès du public que de la critique. Il raconte le destin croisé de deux femmes d'exception, deux fées du quotidien qui s'emploient à rendre les autres heureux, discrètement et avec finesse. L'une est très jeune, l'autre très âgée, mais chacune à sa manière sait donner à l'amour ses lettres de noblesse. Le roman évoque également la Seconde Guerre mondiale et la déportation, ainsi que les violences de la jalousie. Grâce à une écriture épurée et poétique, Valérie Perrin parvient à emporter le lecteur dans un émerveillement qui n'a rien de mièvre, pour le plonger au cœur de l'humanité dans ce qu'elle a de meilleur.

VALÉRIE PERRIN

ÉCRIVAIN FRANÇAIS

- **Née le 19 janvier 1967 à Remiremont**
- **Quelques-unes de ses œuvres :**
  - *Changer l'eau des fleurs* (2018), roman
  - *Trois* (2021), roman

Valérie Perrin a été photographe de plateau et scénariste avant de devenir romancière. Compagne du réalisateur Claude Lelouch depuis 2007, elle a également coécrit avec lui quelques scénarios : *Les plus belles années, Chacun sa vie, Un + une* et *Salaud, on t'aime.* Son premier roman, *Les oubliés du dimanche*, publié en 2015 chez Albin Michel, a été traduit dans une dizaine de pays et a reçu 13 prix littéraires : lauréat du Premier Roman de Chambéry 2016, le Grand Prix national Lions de littérature 2016, le prix Chronos 2016, le prix des Zonta Clubs de France 2017, le prix U Culture 2018, le prix Choix des libraires 2018, entre autres. Son second roman, *Changer l'eau des fleurs*, publié chez le même éditeur en 2018, a obtenu le Prix de la maison de la Presse et le Prix des lecteurs du Livre de Poche en 2018, ainsi que le Prix des lecteurs corréziens 2019. Ce second roman s'est vendu à plus de 800 000 exemplaires et a été traduit dans une trentaine de pays, dont la Chine, les États-Unis et la Russie. Valérie Perrin travaille à l'adaptation cinématographique de son second roman *Changer l'eau des fleurs* et a publié en 2021 son troisième roman, *Trois*, toujours chez Albin Michel. En 2020, elle faisait partie des dix auteurs français les plus appréciés du public.

RÉSUMÉ

Justine Neige est une jeune fille de 21 ans pas comme les autres : elle ne rêve pas de quitter sa petite ville de province, Milly, pour aller vivre à Paris. Elle ne fréquente pas les jeunes de son âge, mais adore écouter les personnes âgées lui raconter leur vie. C'est avec plaisir qu'elle fait des heures supplémentaires dans la maison de retraite où elle travaille en tant qu'aide-soignante, les Hortensias. Orpheline, elle vit avec son cousin Jules de 17 ans – qu'elle affectionne autant qu'un frère – chez ses grands-parents taciturnes, Armand et Eugénie. Pour se détendre, elle va danser le samedi soir dans une boite de nuit, le Paradis. C'est là qu'elle a rencontré un jeune médecin dont elle ne connait pas le prénom et avec lequel elle entretient une relation épisodique, fondée sur l'attirance physique avant tout. Elle n'est pas amoureuse de lui, mais la réciproque n'est pas vraie.

Aux Hortensias, Justine entretient une relation particulière avec l'une des résidentes, Hélène Hel. Cette vieille dame de 96 ans souffre d'absences très fréquentes : elle est plongée dans un épisode de son passé et rêve constamment d'une plage où elle passe des jours heureux avec son grand amour et leur fille. Mais elle raconte aussi régulièrement sa vie, et Justine ne perd pas une miette de ce récit qui l'intéresse grandement. Hélène a un petit-fils, Roman, qui vient la voir régulièrement. Justine succombe à son charme envoutant, mais ne tente rien avec lui, car elle est en quelque sorte paralysée en sa présence.

En outre, elle découvrira plus tard qu'il est marié. Roman lui demande d'écrire l'histoire de ses grands-parents, ce à quoi Justine s'applique avec ferveur dans un « cahier bleu ».

L'histoire d'Hélène est la suivante : dyslexique, la petite Hélène vit une torture chaque jour à l'école, car elle ne parvient pas du tout à lire. Elle en souffre tellement qu'elle envisage même de se suicider en buvant l'encre des encriers, un soir où elle s'est volontairement laissé enfermer dans l'école. Elle est sauvée de son geste fatal par un oiseau qui vient se cogner contre une fenêtre, une mouette qui va veiller sur elle toute sa vie. Fille de tailleurs, Hélène quitte rapidement l'école et se consacre aux travaux de couture que lui confient ses parents. Lors d'un mariage, elle est sollicitée pour réparer la robe déchirée de la mariée. C'est là que Lucien la rencontre pour la première fois et en tombe aussitôt éperdument amoureux. Fils d'un aveugle, Lucien sait utiliser le braille et l'enseigne à Hélène, qui peut ainsi enfin apprendre à lire. Sa reconnaissance est immense et l'incite à céder aux avances de Lucien. Ils s'installent ensemble et reprennent le café du village, celui du père Louis. Même si elle n'est pas encore amoureuse (cela viendra avec le temps), Hélène vit des jours heureux et Lucien est un amant comblé.

Mais la Seconde Guerre mondiale éclate et leur bonheur s'assombrit. Pendant trois ans, ils cachent dans leur cave un réfugié polonais juif, Simon. Ils partagent avec lui leur repas du soir et font tout pour qu'il ne soit pas découvert par les Allemands. La complicité entre Simon et Hélène grandit peu à peu, à tel point que Simon tombe amoureux de la gracieuse jeune femme. Lucien s'en aperçoit et en conçoit une vive jalousie. Un jour, dévoré de rancœur, il fait savoir à un client qu'il cache un homme juif dans sa cave, en sachant pertinemment que ce sera rapporté aux nazis. Il veut se débarrasser de Simon. Mais son piège se retourne contre lui : Simon est certes exécuté, mais Lucien est aussi déporté à Buchenwald, pour trahison. Hélène n'est en revanche pas arrêtée.

Au bout de plusieurs années d'enfer incommensurable, Lucien est enfin libéré. Gravement blessé à la tête, il est pris en charge par une infirmière à son retour en France, Edna. Celle-ci parvient à lui sauver la vie à force de soins : elle s'est attachée à lui au point d'en tomber amoureuse. Lucien est totalement amnésique, il ne se sait même plus qui il est et n'est plus capable d'éprouver la moindre joie. Cela ne dérange pas Edna, qui ne songe qu'à garder cet homme meurtri pour elle. Lucien doit se choisir un prénom : il opte pour Simon, sans savoir pourquoi. Il accepte de se mettre en couple avec Edna, de manière totalement passive, sans amour. Hélène ayant envoyé des courriers dans toute la France, l'infirmière ne tarde pas à découvrir l'identité de Lucien, mais décide de ne rien révéler pour conserver son propre bonheur de vivre auprès de lui. Elle l'emmène vivre en Bretagne pour l'éloigner de Milly, où l'attend toujours Hélène. Une fille nait de cette étrange union : Rose. C'est la seule personne qui parvient à égayer un peu Lucien. Mais peu à peu, Edna est dévorée par le remords et se rend à Milly pour prévenir Hélène que Lucien est vivant et réside avec elle en Bretagne. Hélène, qui tient toujours le café du père

Louis tout en s'adonnant à la couture, et secondée par un jeune homme prénommé Claude, finit par rendre visite à Lucien. Celui-ci ne se souvient pas d'elle, mais a bien l'impression de la connaitre par cœur. La jeune femme, dévastée, retourne à Milly, convaincue qu'elle a perdu son homme pour toujours. Elle met en vente le café, mais les habitants du village, qui y tiennent beaucoup, font en sorte qu'il n'y ait aucun acheteur.

Quelques années passent et Lucien est de plus distant avec Edna : il cherche constamment à retrouver les souvenirs de sa vie d'avant, celle qu'il partageait avec Hélène. Comprenant qu'elle n'obtiendra jamais l'amour de cet homme, Edna se résout à s'en séparer et le dépose, avec leur fille (qui ressemble étrangement à Hélène), à Milly. Hélène met tout en œuvre pour que Lucien se sente à nouveau chez lui et devient une véritable mère pour Rose, ce qui la console de sa stérilité. À force d'intelligence et d'amour, elle parvient à retisser sa relation amoureuse avec Lucien. Ce dernier ne retrouve pas la mémoire, mais réapprend à sourire et travaille à nouveau au café, avec Claude, tandis qu'Hélène se consacre à la couture. La petite famille vit ainsi une quinzaine d'années paisibles, jusqu'à la mort brutale de Lucien. Comme il rêvait de voyager dans des pays chauds de bord de mer, Hélène envoie ses cendres dans l'un de ces pays. C'est dans cet ailleurs imaginaire que la vieille dame passera tout son temps lors de son séjour à la maison de retraite. Entretemps, elle aura donné le café à Claude pour un franc symbolique et se sera installée à Paris, où elle aura travaillé comme couturière jusqu'à un âge avancé.

La fin de la rédaction de l'histoire d'Hélène dans le « cahier bleu » coïncide avec l'hospitalisation de celle-ci. La vieille dame s'éteint doucement, plongée dans le coma. Pour Justine, c'est un déchirement, mais aussi le début d'une nouvelle histoire : elle consent enfin à considérer le jeune homme amoureux d'elle comme une vraie relation. L'amour si puissant d'Hélène et Lucien lui a donné le courage d'oser tenter une vraie aventure sentimentale. Elle découvre par ailleurs que le corbeau des Hortensias qui appelait les familles depuis si longtemps, en leur faisant croire que leur parent âgé était décédé pour les obliger à lui rendre visite, n'est autre que le jeune médecin épris d'elle, dont le grand-père réside dans la maison de retraite. Roman lui a en outre offert une maison en Sardaigne pour la remercier de s'être si bien occupée de sa grand-mère, ainsi qu'un grand portrait d'elle, sur lequel on peut voir la fameuse mouette qui veillait sur Hélène.

À la même période – aux alentours de Noël –, Justine apprend enfin la vérité sur la mort mystérieuse de ses parents et de ceux de Jules, dans un accident de voiture, alors qu'ils n'étaient tous deux que de jeunes enfants. Il s'avère que son grand-père Armand était tombé fou amoureux de la femme d'un de ses fils : Annette, la mère de Jules. Une relation adultère était née, que sa femme et son fils avaient fini par découvrir la veille de l'accident. Sa grand-mère Eugénie, folle de rage, avait alors saboté à l'aurore les freins de la voiture d'Armand, qu'Annette utilisait chaque matin lors de ses séjours chez eux pour rejoindre une église, point de départ de son jogging. Son objectif était de provoquer un accident dont sa belle-fille ne sortirait pas indemne. Mais un malheureux concours de circonstances avait fait en sorte qu'Eugénie se trompe de voiture, initiant ainsi par erreur l'accident de ses deux fils – et de leurs épouses –, et leur décès à tous quatre.

ÉTUDE DES PERSONNAGES

JUSTINE NEIGE

Justine est une jeune fille de 21 ans, toujours décoiffée malgré ses efforts, qui a grandi auprès de ses grands-parents, Armand et Eugénie. Née en octobre 1992, elle habite avec eux à Milly, un village du centre de la France. Elle vit aussi avec son cousin Jules, de quatre ans son cadet, qu'elle considère comme son frère et qu'elle adore. Elle a une attitude très protectrice avec lui, presque maternelle : elle lui cache ce qu'elle a appris de la véritable cause de l'accident de ses parents, ainsi que l'adultère dont sa mère s'est rendue coupable. Elle lui cache aussi son voyage à Stockholm, chez ses grands-parents suédois, contre lesquels il est très en colère parce qu'ils ont essayé de lui dévoiler un pan de vérité. Elle lui fait croire qu'il a obtenu un héritage de son père pour financer ses études, alors que c'est avec son salaire qu'elle paye les frais nécessaires. Toutes ces cachoteries visent à le protéger moralement et à lui assurer une certaine insouciance.

L'enfance de Justine n'a pas été rose. Ses grands-parents sont des êtres taciturnes et incapables de la moindre tendresse. Sa grand-mère est obsédée par le ménage et le rangement, tandis que son grand-père ne parle que très peu. Ils vivent chichement et ne s'intéressent pas à leurs petits-enfants, sont restés emmurés dans leur chagrin depuis le décès de leurs deux fils jumeaux. Justine est elle aussi devenue réservée et secrète à force de vivre dans cette ambiance.

Justine n'a pas d'amis, en dehors d'une collègue aide-soignante, Jo. La jeune femme travaille en effet en tant qu'aide-soignante à la maison de retraite les Hortensias. Elle aime beaucoup son travail, non pas tant pour les tâches qu'elle doit accomplir, mais parce qu'elle adore écouter les résidents lui raconter leurs souvenirs. Elle se montre très compréhensive, affable, dévouée, attention-née avec eux. Elle voue une affection particulière à l'une d'entre eux, Hélène Hel. Justine n'étant pas heureuse chez ses grands-parents, elle n'hésite pas à accumuler les heures supplémentaires pour passer du temps auprès des résidents et les écouter.

C'est une jeune femme qui peut se montrer courageuse et même téméraire par moment. Décidée à découvrir les circonstances exactes de la mort de ses parents – dont ses grands-parents refusent de parler –, elle s'introduit par exemple dans le bureau des deux policiers munici-paux, de nuit, pour y consulter le dossier de l'accident. Elle qui n'a jamais quitté Milly se rend aussi en Suède pour interroger les grands-parents de Jules. Cependant, elle manque singulièrement de courage et d'implication en matière amoureuse. Elle semble handicapée à ce niveau, comme si elle refusait de s'attacher à quelqu'un d'autre que Jules. Amoureuse de Roman, elle se montre froide et distante avec lui. Dans sa relation avec le jeune médecin qu'elle fréquente pourtant régulièrement, elle pousse l'indifférence jusqu'à ignorer son prénom. Ce n'est qu'après avoir appris la vérité sur sa famille, et avoir été plongée dans la grande histoire d'amour d'Hélène, qu'elle pourra enfin déverrouiller son cœur.

HÉLÈNE HEL

Hélène a elle aussi grandi à Milly. Elle a une vingtaine d'années en 1939. Enfant, elle était très malheureuse, car elle ne parvenait pas à lire malgré ses efforts intenses. Elle devra attendre un âge avancé pour comprendre qu'elle souffre de dyslexie et pourra alors, à l'aide de séances chez un orthophoniste, accéder à cette compétence qui lui a manqué toute sa vie. Cependant, grâce à Lucien, elle apprend à lire le braille et découvre les trésors de la littérature. C'est d'ailleurs par reconnaissance envers ce qui, pour elle, est un inestimable cadeau qu'elle accepte de se mettre en couple avec ce beau jeune homme aux yeux si bleus. Recluse pendant des années dans l'arrière-boutique de ses parents tailleurs, elle ne pensait pas pouvoir vivre une histoire d'amour, du fait de son illettrisme.

Gracieuse et discrète, Hélène est une femme qui s'épanouit auprès de Lucien. Ses sentiments se développent lentement, mais sont solides : après que son compagnon ait été déporté, elle lui demeurera fidèle pendant de longues années, continuant à l'attendre malgré un espoir toujours plus ténu. Ce n'est qu'après avoir appris qu'il vivait avec une autre femme, Edna, qu'elle se laissera aller de temps en temps aux plaisirs charnels avec des hommes de passage. Cette fidélité durant la longue absence de Lucien est d'autant plus exemplaire qu'Hélène plait beaucoup aux clients du café, et aurait facilement pu refaire sa vie : « Parfois l'un de ces hommes se hasarde à lui dire qu'elle est jeune, belle, qu'elle pourrait refaire sa vie. Mais elle n'a pas envie de refaire sa vie. Juste de continuer la sienne. Avec Lucien » (p. 182).

Hélène est par ailleurs très douée en couture, activité qu'elle ne cessera jamais de pratiquer tout au long de sa vie, en faisant même son métier après la mort de Lucien. N'ayant pas pu avoir d'enfant malgré de nombreuses tentatives, elle se montre très maternelle avec « le petit Claude » qui la seconde au café du père Louis, jusqu'à lui céder l'établissement gratuitement après le décès de Lucien. Elle se comporte également comme une véritable mère, aimante et dévouée, avec Rose, la fille de Lucien et Edna.

La générosité et la profonde humanité d'Hélène se manifestent également quand, en 1938, elle offre le gite et le couvert à un réfugié polonais juif qui n'a nulle part où aller : « Lucien et Hélène lui proposèrent de rester quelques jours et de prendre la chambre de l'enfant qui finirait bien par arriver, mais qui prenait son temps. […] En quelques heures, il devint l'ami Simon. Le véritable ami, celui dont la présence enchante par sa bonté » (p. 125-126). Elle n'hésitera pas non plus à le cacher, deux ans durant, dans la cave quand la guerre éclatera en France, et ce malgré les risques encourus. Leur complicité se muant peu à peu en idylle, Lucien finira par trahir Simon, qui pourtant était devenu son parrain de baptême.

Hélène n'a jamais aimé d'autre homme que Lucien, et, devenue très âgée, elle n'aura de cesse de le retrouver par son imagination, sur la plage d'un de ces pays chauds dont ils rêvaient ensemble chaque dimanche, dans l'intimité de leur chambre. L'imagination est d'ailleurs ce qui caractérise aussi Hélène : elle est en effet persuadée qu'une mouette veille sur elle depuis son enfance. Lorsque Lucien est déporté, la mouette le suit, puis revient quand Edna abandonne cet homme meurtri à Milly. La mouette d'Hélène peut être envisagée comme un ange gardien, et le symbole de l'amour.

LES GRANDS-PARENTS DE JUSTINE

Armand et Eugénie Neige sont à la retraite quand l'histoire commence. Auparavant, Armand travaillait à l'usine textile et Eugénie s'occupait de leurs fils, des jumeaux, Alain et Christian. Elle n'a travaillé que trois ans, comme femme de ménage, chez un médecin. C'est là qu'elle a rencontré Fatiha, sa seule et unique amie. Armand, lui, n'a pas d'amis du tout.

Très solitaires, ces deux personnages ne s'aiment pas. Ils vivent côte à côte. On apprend que leur vie de couple n'a jamais été fondée sur l'amour, même si Eugénie a fini, avec le temps, par s'attacher sentimentalement à son mari, avant d'apprendre qu'il la trompait avec leur belle-fille. Depuis ce jour (la veille de l'accident qui a tué leurs fils), ils se supportent à peine. Eugénie a tenté maintes fois de se suicider pour échapper à cet enfer intime, sans succès.

Eugénie a une particularité remarquable : elle sait tout bricoler, est une véritable femme à tout faire, mais dissimule ses talents. C'est elle qui répare tout dans la maison, sans que quiconque ne le sache. Bourrue et incapable de tendresse, elle a été élevée comme un garçon et se comporte en fait comme un homme. Son seul trait de féminité réside dans la mise en plis que Justine lui fait chaque semaine.

Armand n'a vécu qu'un grand amour, sur le tard : il a succombé à un coup de foudre quand il a vu Annette, la fiancée de son fils, au moment où il l'a rencontrée. Malgré des efforts gigantesques pour faire disparaitre cette passion coupable, le quinquagénaire n'est pas parvenu à faire taire ses sentiments, et ce d'autant moins qu'Annette ne s'y pas opposée, bien au contraire... Sa seule autre passion dans la vie est de faire du vélo. Il ne s'est jamais remis de la mort de ses fils ni de celle d'Annette, et a probablement compris que sa femme en était à l'origine. Son silence obstiné, encore plus dense dès qu'il s'agit de l'accident fatal, est sa manière de se protéger.

CLÉS DE LECTURE

UNE STRUCTURE EN POUPÉES RUSSES

Le roman ne suit pas une structure linéaire, mais développe plusieurs intrigues parallèles, qui renferment des intrigues secondaires imbriquées les unes dans les autres. L'intrigue principale, celle qui constitue le fil rouge, concerne Justine qui travaille à la maison de retraite et cherche à découvrir pourquoi ses grands-parents refusent de parler de l'accident qui a tué ses parents et ceux de son cousin Jules. Elle mène en quelque sorte une enquête pour résoudre cet épais mystère, ce qui va la conduire à se cacher dans le bureau de police municipal, puis à se rendre à Stockholm. Cette intrigue en recèle une autre : l'adultère de son grand-père et de sa tante, qui a provoqué la colère d'Eugénie et, au final, l'accident meurtrier.

Une intrigue parallèle, aussi conséquente voire davantage que la première, est liée à l'une des résidentes de la maison de retraite : Hélène Hel. Justine rédige l'histoire de la vie de cette femme et de son compagnon Lucien, et plus particulièrement celle de l'amour indéfectible qui les lie. Cette rédaction donne lieu à plusieurs intrigues secondaires : l'histoire de Lucien et de son père aveugle, l'enfance d'Hélène assombrie par sa dyslexie, puis la relation entre Lucien et Edna, après son retour de déportation.

Une troisième intrigue parallèle concerne la vie sentimentale de Justine, qui se divise en deux : d'un côté sa relation avec le jeune homme connu en boite de nuit et qu'elle fréquente régulièrement, dont elle ignore le prénom jusqu'au bout ; de l'autre son idylle platonique avec le petit-fils d'Hélène Hel, Roman.

Tous ces récits s'entremêlent de manière complexe, avec parfois des mentions de date pour aider le lecteur à se repérer. Le récit de la vie d'Hélène (et des intrigues secondaires liées) est en italique pour faciliter la distinction. Bien que chacune des intrigues suive un fil chronologique, les allers-retours entre les différentes époques et les différents contextes (la France des années 1930 et de l'après-guerre, la maison de retraite, chez les grands-parents avant et après l'accident, chez Edna, etc.) tissent une toile riche d'échos qui participent à la cohérence de l'œuvre. Il existe en effet des similitudes entre Edna et Eugénie, entre Justine et Hélène, entre Lucien et le jeune homme qu'elle appelle « je-ne-sais-plus-comment » puisqu'elle ignore son prénom. Par exemple, Edna comme Eugénie aiment un homme qu'elles gardent auprès d'elles par des moyens peu orthodoxes, mais ne trouvent pas auprès de lui l'affection qu'elles en espèrent. Justine comme Hélène ont l'esprit poétique et apparaissent comme décalées par rapport aux jeunes femmes de leur âge. Elles sont aussi aimées bien plus qu'elles n'aiment au départ, mais la constance et l'abnégation dont font preuve leurs prétendants finissent par engendrer des sentiments profonds. C'est ainsi que le passé et le présent se rejoignent pour finalement fusionner, Hélène cédant en quelque sorte la place à Justine au seuil d'une belle histoire d'amour.

L'usage intensif des analepses et des enchâssements dans ce roman lui confère une littérarité moderne qui cherche à rendre compte de la complexité des trajectoires personnelles. Ces procédés permettent de développer la psychologie des personnages et de les rendre attachants.

***Figure III* de Gérard Genette : une analyse précise des analepses**

Dans *Figure III*, le père de la narratologie moderne, Gérard Genette (1930-2018), établit une analyse précise des différentes sortes d'analepses. Il distingue ainsi les **analepses externes** (qui décrivent les évènements s'étant déroulés avant le début du récit) des **analepses internes** (qui interviennent au cours de l'action et parlent de situations ayant commencé après le début du récit). Genette met aussi en évidence une forme d'**analepse mixte** : il s'agit d'une analepse externe qui se prolonge jusqu'à rejoindre et dépasser le point de départ du récit premier.

Le théoricien explicite par ailleurs les phénomènes d'enchâssements corrélés aux analepses. Il appelle **analepses hétérodiégiétiques** les retours en arrière qui portent sur une ligne d'histoire différente du récit premier (comme l'histoire d'Hélène Hel dans *Les oubliés du dimanche*) et **analepses homodiégétiques** celles qui portent sur la même ligne d'action que le récit premier (comme les évocations de l'enfance de Justine dans *Les oubliés du dimanche*).

LES RAVAGES DE LA DÉPORTATION

Le personnage de Lucien est révélateur des ravages de la déportation, bien que celle-ci ne soit pas évoquée dans son aspect quotidien, mais seulement dans ses conséquences. Pour avoir caché un réfugié juif polonais dans sa cave, Lucien est en effet arrêté en 1943 et déporté à Buchenwald : « Il a fait partie du convoi de Compiègne en décembre 1943 [...], est resté dans un camp de transit qui s'appelait Royallieu. Ensuite, il a été déporté à Buchenwald. [...] Et de Buchenwald, il a été immédiatement déporté dans l'usine souterraine de Dora » (pp. 156-157).

Le silence de l'auteure sur les années passées en déportation rend paradoxalement plus intense leur évocation. Cette ellipse est en étroite corrélation avec les séquelles que doit endurer Lucien : ayant totalement perdu la mémoire, il ne peut pas raconter ce qu'il a vécu et enduré en Allemagne. Cependant, il était tout à fait possible d'imaginer l'intervention d'un personnage secondaire pour combler cette ellipse. Si l'auteure préfère passer sous silence ces années de souffrance, c'est donc aussi pour signifier à quel point elles sont indicibles, pour montrer symboliquement qu'il ne peut y avoir de récit de telles horreurs.

À son retour en France après deux années de terreur, Lucien n'est plus le même homme. Il a tout perdu, jusqu'à sa propre identité : « Paris. Gare de l'Est. Un homme erre sur les quais. Il mesure 1,81 mètre et pèse 50 kilos. [...] Quelque chose cogne dans son crâne, l'empêche de penser. Chaque minute qui commence efface la précédente. [...] Dans son poing droit, il serre des feuilles de papier

journal. Il ne veut pas les lâcher. Il ne faut pas les lâcher
[...]. Une femme le prend par la main. [...] Il se laisse faire,
parce qu'elle est douce, rassurante. [...] Il se laisse guider.
Il a peur et il a mal » (pp. 175-176).

Malgré les soins attentionnés d'Edna et son amour dévoué,
Lucien ne retrouve pas la mémoire et ne redevient pas celui qu'il était avant. L'expérience radicale de la déportation
l'a brisé. Il ne reconnait même plus son visage : « Elle a pris
soin de ne pas suspendre de miroir, elle a remarqué qu'il
ne supporte pas son reflet, ce visage inconnu et ravagé
qui le regarde fixement quand il se croise dans une glace »
(p. 184). Comme un nouveau-né, Lucien n'a pas d'autre
choix que de se laisser prendre en charge. Mais, contraire-
ment à un enfant qui découvre la vie, il n'est plus capable
de s'émerveiller et de profiter des joies de l'existence :
« Son esprit porte le voile noir des veuves » (p. 185).

Le lecteur comprend que Lucien n'a perdu la mémoire que
peu de temps avant sa libération, ainsi qu'en témoignent
les inscriptions en braille sur les feuilles de papier journal
qu'il tenait si fermement à son arrivée Gare de l'Est, qu'il
finit par retrouver. Sa blessure au crâne, provoquée par des
coups de crosse de fusil d'après les médecins, est sans doute
à l'origine de cette amnésie persistante. Le texte suggère
– sans le dire explicitement – que les soldats allemands ont
tenté de le tuer de cette manière, après lui avoir profon-
dément entaillé le visage. Mais l'oubli n'est-il pas aussi un
moyen de se protéger des insupportables souvenirs ?

« Car il s'enfonce peu à peu dans une dépression silen-
cieuse. Il passe des heures à fouiller dans sa tête vide de

passé en lisant et relisant des romans qu'il pense avoir déjà lus, avant sa blessure. Il pose des questions aux murs du salon – où et quand ? Mais il n'obtient que du silence, autour de lui rien ne fait plus jamais écho. Alors il monte se coucher, la tête pleine de trous. Seule Rose parvient à le faire rire vraiment. Un rire vrai, un rire qui fait du bruit, qui vient du corps, là où il lui reste une infime réserve de joie » (p. 254). Lucien pourrait faire le deuil de son passé, redémarrer à zéro avec cette femme qui l'aime, Edna, et leur fille Rose. Mais ses blessures ne sont pas que physiques : son cœur aussi est ravagé. Sa trahison et sa déportation ont éteint la flamme qui brillait en lui.

<u>Le camp de concentration de Dora</u>

Le camp de concentration de Dora était d'abord une annexe de celui de Buchenwald, avant de devenir un camp autonome en 1944. Les prisonniers travaillaient jour et nuit sous terre, dans une ancienne mine transformée en usine, où ils assemblaient les pièces des missiles V2. Sur les 60 000 détenus, les historiens ont établi que près de la moitié (26 500) étaient morts en détention, de faim et de soif, de maladie, de mauvais traitements et d'assassinats. Un recensement macabre a même été effectué : 9000 d'entre eux seraient morts d'épuisement au travail, 350 pendus, et 11 000 durant l'évacuation organisée par les nazis pour fuir l'arrivée des troupes alliées. Le camp est libéré le 11 avril 1945 par les Américains, et il ne reste alors que quelques centaines de prisonniers vivants.

UNE ÉCRITURE POÉTIQUE ET SENSIBLE

Valérie Perrin adopte un style très poétique dans ce premier roman. Les phrases sont courtes, souvent descriptives, établissant une mise à distance des émotions des personnages. Mais dans le même temps, le recours aux images poétiques est omniprésent, conférant à l'ensemble une douceur et une sensibilité qui met en valeur les tourments internes des différents personnages. Ce n'est pas dans leurs actes ou leurs paroles que s'exprime leur sensibilité, mais dans leurs pensées.

Les images poétiques viennent le plus souvent souligner la douleur des personnages, comme dans cet extrait : « Quand elle se réveille, Edna ne sait pas. Edna ne veut pas savoir. Ne veut pas se souvenir. Elle ouvre les fenêtres et laisse le vent du large emporter les mauvaises pensées qui s'accrochent aux rideaux de la chambre où elle et Simon ne font plus l'amour » (p. 254). Les métaphores et comparaisons émanent le plus souvent de Justine, qui en use à la fois dans son récit (dans le cahier bleu) et dans sa narration au présent. Un réseau d'images se met d'ailleurs en place au sein du roman, rappelant l'unicité de cette voix narrative, mais aussi la symbolique de la mouette qui revient régulièrement : « Mon amour, la première fois que je t'ai embrassée j'ai senti un battement d'ailes contre ma bouche. J'ai d'abord cru qu'un oiseau se débattait sous tes lèvres, que ton baiser ne voulait pas du mien. Mais quand ta langue est venue chercher la mienne, l'oiseau s'est mis à jouer avec nos souffles, c'était comme si on se le renvoyait de l'un à l'autre », écrit Lucien à Hélène (p. 264). Le parti pris poétique est d'ailleurs souligné au début du roman, quand Roman déclare à Justine : « – *C'est comme si vous veniez de me lire un mode d'emploi poétique.* S'il me dit ça, c'est qu'il est du même monde que nous, celui où l'on ne croit pas que ce que l'on voit. Celui des idiots, des naïfs, des optimistes » (p. 45).

L'écriture sensible se manifeste par ailleurs dans certaines attitudes des personnages, comme la visite d'Edna à Milly et la retranscription de ses pensées, en discours indirect libre, qui s'efforcent de ne pas nommer la rivale tant redoutée, Hélène. Lors de cette visite, Edna ne prononce pas un mot, mais l'intensité du moment est mise en valeur par son monologue intérieur. De même, la séquence durant laquelle Hélène envoie les cendres de Lucien dans un pays exotique se révèle très poétique, car aucune explication n'est donnée : la focalisation externe permet au lecteur d'assister à cette étrange cérémonie sans en saisir le sens immédiatement, pour ensuite comprendre que c'est une façon pour Hélène de réaliser le rêve de Lucien, même si c'est post-mortem.

Certains objets sont aussi porteurs d'une forte charge poétique, voire onirique, comme la valise bleue, le cahier bleu, la photographie de Janet Gaynor... Ainsi, la valise bleue apparait à plusieurs reprises dans le récit et symbolise à la fois les envies de voyage de Lucien et les moments d'évasion amoureuse que s'octroient les amants lorsqu'ils s'enferment le dimanche dans leur chambre pour ne se consacrer qu'à leur amour. La valise devient alors pour eux l'objet symbolique de cet univers qui n'appartient qu'à eux. C'est dans cette même valise qu'Hélène place les cendres de Lucien pour les envoyer dans un pays lointain. La photographie de Janet Gaynor assume une fonction similaire : elle est évoquée à de nombreuses reprises et associée aux moments de joie, de complicité, de connivence dans le café du père Louis. Elle est par exemple utilisée pendant l'occupation allemande pour signaler l'arrivée des nazis dans l'établissement, ce qui permet à Simon de leur échapper pendant deux ans. La photographie de l'actrice américaine apparait comme une ponctuation régulière qui évoque les moments heureux.

PISTES DE RÉFLEXION

QUELQUES QUESTIONS
POUR APPROFONDIR SA RÉFLEXION...

- Quels sont les différents narrateurs que vous pouvez identifier ?

- Quel tableau l'auteure brosse-t-elle de la France de l'après-guerre ? À travers l'évolution de la clientèle du café notamment, montrez la transformation des mœurs et de la vie quotidienne.

- Dans le seul passage où Justine évoque le manque de sa mère, commentez la ponctuation (ou son absence) et ses effets.

- Pourquoi peut-on dire que Justine n'est pas une jeune femme comme les autres ? Développez avec plusieurs éléments.

- Quelle place est faite à la transmission, au souvenir partagé, dans ce roman ? Quelle est la thèse défendue par l'auteure ? Vous vous aiderez du titre de l'ouvrage pour alimenter votre réflexion.

- La passion ravageuse d'Armand pour sa belle-fille entraine des conséquences tragiques. Peut-on pour autant comparer cette intrigue secondaire à une tragédie, au sens théâtral du terme ? Pourquoi ?

- Pourquoi Eugénie est-elle si désireuse de trouver une ressemblance entre son petit-fils Jules et son fils Alain ?

- Que pouvez-vous dire de l'évocation récurrente de Janet Gaynor et de sa photographie ? Que symbolise-t-elle ?

- L'auteure apporte un regard tendre sur la vieillesse. Comment s'y prend-elle pour nous inciter à mieux considérer les personnes âgées ?

POUR ALLER PLUS LOIN

ÉDITION DE RÉFÉRENCE

- PERRIN V., *Les oubliés du dimanche*, Paris, Le Livre de Poche, 2021.

ÉTUDES DE RÉFÉRENCE

- GENETTE G., *Figure III*, Paris, Seuil, 1972, 288 p.

- LINDBERG C., *The War Time Journal of Charles A, Lindberg*, New York, Harcourt Brace Jovanovich, Inc, 1970, 1038 p.

LePetitLittéraire.fr

- un résumé complet de l'intrigue ;
- une étude des personnages principaux ;
- une analyse des thématiques principales ;
- une dizaine de pistes de réflexion.

**Retrouvez
notre offre complète sur
lePetitLittéraire.fr**

L'éditeur veille à la fiabilité des informations publiées, lesquelles ne pourraient toutefois engager sa responsabilité.

www.lepetitlitteraire.fr

ISBN version numérique : 9782808025751
ISBN version papier : 9782808025768
Dépôt légal : D/2021/12603/128

Conception numérique : Primento,
le partenaire numérique des éditeurs.